글詩과
노래歌가 있는
풍경風景

글詩과 노래歌가 있는 풍경風景

발행일 2019년 6월 28일

지은이 강우성
펴낸이 손형국
펴낸곳 (주)북랩
편집인 선일영
디자인 이현수, 김민하, 한수희, 김윤주, 허지혜
마케팅 김회란, 박진관, 조하라
출판등록 2004. 12. 1(제2012-000051호)
주소 서울시 금천구 가산디지털 1로 168, 우림라이온스밸리 B동 B113, 114호
홈페이지 www.book.co.kr
전화번호 (02)2026-5777
편집 오경진, 강대건, 최예은, 최승헌, 김경무
제작 박기성, 황동현, 구성우, 장홍석
팩스 (02)2026-5747

ISBN 979-11-6299-770-3 03810 (종이책) 979-11-6299-771-0 05810 (전자책)

이 도서의 국립중앙도서관 출판예정도서목록(CIP)은 서지정보유통지원시스템 홈페이지(http://seoji.nl.go.kr)와 국가자료공동목록시스템(http://www.nl.go.kr/kolisnet)에서 이용하실 수 있습니다.
(CIP제어번호: CIP2019024715)

강우성

profile

1976년 5월 서울에서 태어났다. 서울예술고등학교를 졸업했고 한국예술종합학교 음악원에서 학사와 석사 학위를 취득했고 도독하여 독일 트로싱엔 국립 음악대학에서 피아노 전공으로 최고연주자과정(K.E.)을 마쳤다.

귀국 후 한국예술종합학교, 중앙대학교, 숙명여자대학교 등을 거쳐 지금은 국민대학교와 한양대학교, 충남대학교에서 후학들을 가르치고 있고, 대전국제음악제(DCMF) 조직위원과 《음악저널》 편집위원으로 활동하고 있다.

어려서부터 음악을 좋아했고, 부친(광고음악 제작자, 기타리스트 강근식)과 고모님(소프라노 강미자)과 함께한 2017년 예술의전당 음악회는 그에게 있어 사람이든 예술이든, 그것에 가치를 부여하는 것은 대중이라는 걸 깨닫는 계기가 된다. 두 분의 영향을 받아 클래식 음악을 전공하면서도 대중적 관점을 늘 의식하며 선한 영향력을 줄 수 있는 예술가로 성장하기를 지향하고 있다.

여행을 좋아하며 풍경이나 정물 사진 찍기를 즐긴다. 특별히 김형석 교수의 『백년을 살아보니』를 읽고서 시간예술을 직업으로 하고 있는 자신과 끊임없이 흘러가는 하늘의 구름의 동질성을 깨닫게 되었고, 이를 계기로 어려서부터 좋아했던 비행기의 구름 자국을 조합하여 풍경 사진을 찍게 되었다.

序文

自幼我就特别喜欢飞机。
每当我看见飞行在天空的飞机又羡慕, 又激动… 特别是飞机喷出的又长又白的长云给我一种深思和灵感。
对我来说它是很特别的白云。

有一句话一直深藏在我心中, 那就是金亨锡教授《活到100岁》中的一句《多一些拍摄蓝天白云的摄影家就好了》。
恰好利用我去德国演出的机会我记录了曾经留学过的特罗辛根 (Trossingen) 冬日的天空, 坐落在阿尔卑斯山脉的奥地利茵斯布鲁克 (Innsbruck) - 北链山(Nordkette)顶峰的精彩瞬间, 匈牙利布达佩斯一些短暂的记忆。

附带书中的音乐是为表现社会的融合。通过二维码可以欣赏视频和音频。或者搜索我的名字也能找到链接。

希望一边听音乐一边欣赏照片, 会弹琴的人也可以试着演奏一下。

最后, 感谢默默地给与帮助的两家父母, 心爱的妻子 韩旼铣 和三个儿子们, 也感谢给我鼓励和建议朴成烈教授和远在中国的好友崔光教授, 最后感谢韩国雅马哈音乐(YAMAHA Music Korea)。

真心祝愿享受幸福时光

2019年 6月 姜佑成

서문

저는 어려서부터 비행기를 참 좋아했습니다. 하늘 위 그것을 볼 때면, 부럽기도 하고, 설레기도 하고… 특히 지나간 자리에 남는 하얗고 긴 자국은 많은 생각과 영감을 주는, 제게는 특별한 '구름'이었습니다.

김형석 교수님의 『백년을 살아보니』를 읽고서 그분께서 하늘의 구름을 찍는 사진작가들이 좀 있으면 좋겠다고 하시는 문구가 마음 한편에 자리하게 되었는데, 때마침 독일에서 연주가 성사되어 저의 유학지 트로싱엔(Trossingen)의 겨울 하늘과 알프스 산맥 속에 자리한 오스트리아 인스부르크(Innsbruck)의 노르트케테(Nordkette) 정상의 순간들, 헝가리 부다페스트(Budapest)의 하늘들을 조금 담아내볼 수 있었습니다.

그리고 융합의 시대를 의미해 보고자 책에 음악을 넣어보았습니다. 스마트폰에 QR 코드 스캐너 앱을 다운받으셔서 코드를 찍어보시면 영상자료로 연결되어 음악을 들으실 수 있도록 엮어봤습니다. 아니면 유튜브(YouTube)에서 제 이름이나 곡명을 검색하셔도 됩니다(혹시라도 음원을 소유하고 싶으신 분은 kangwoosung@gmail.com로 메일 주시면 보내드리도록 하겠습니다).
음악을 들으시며 사진도 감상해 보시고, 글귀도 읽어보시며 사색을 즐기시다가 혹 여유가 되시면 피아노와 함께 연주도 해보시면 좋을 것 같습니다.

끝으로, 물심양면 도와주신 양가 부모님, 모든 것을 묵묵히 인내해준 사랑하는 아내 민선과 항상 힘이 되는 귀여운 세 아들들, 바른 길로 이끌어주신 존경하는 스승님들, 용기를 낼 수 있도록 도와준 친구 강종희 교수, 조언과 격려를 아끼지 않은 박성열 교수님, 멀리 중국에서 열과 성의를 다해 도와준 베스트 프렌드 최광 교수, 야마하뮤직코리아 박수련 차장님, 신현준 팀장님, 이상균 과장님에게 감사의 말씀 전합니다.

행복한 시간 되시길 진심으로 바라며.

2019년 6월

Op. 2

No. 1 Confession 告白

No. 2 Appreciation 感谢

No. 3 Pure Heart 纯心

CONTENTS

사람이 닿으려 하던 곳,
하늘

人要到达的地方, 天

For YOUTUBE

For YOUKU

CONFESSION

Confession

to my best friend Prof. 崔光

op.2 no.1

Woosung Kang

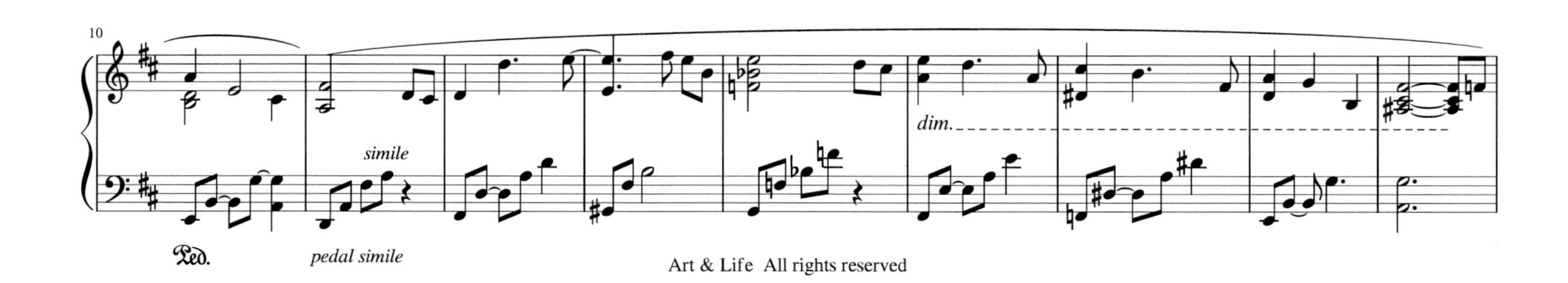

19
p

28
p

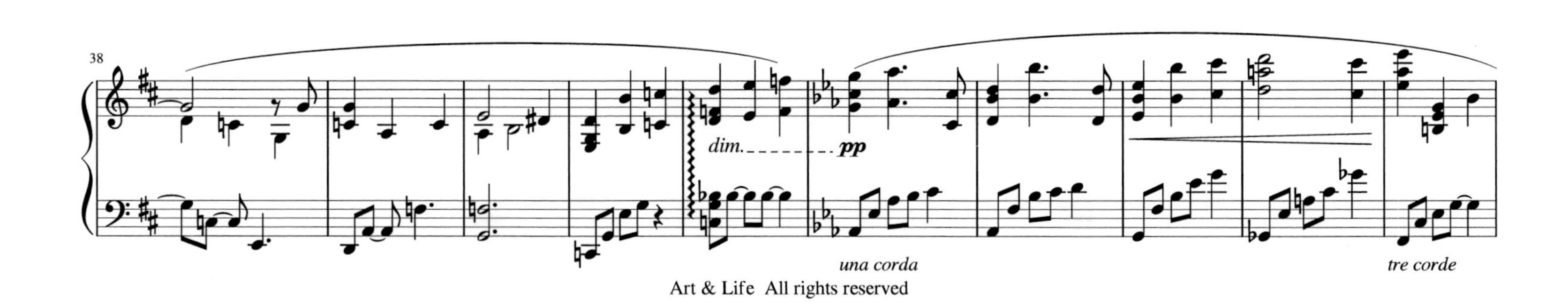
38
dim.
pp
una corda
tre corde

48
cresc.
f

57

67
p

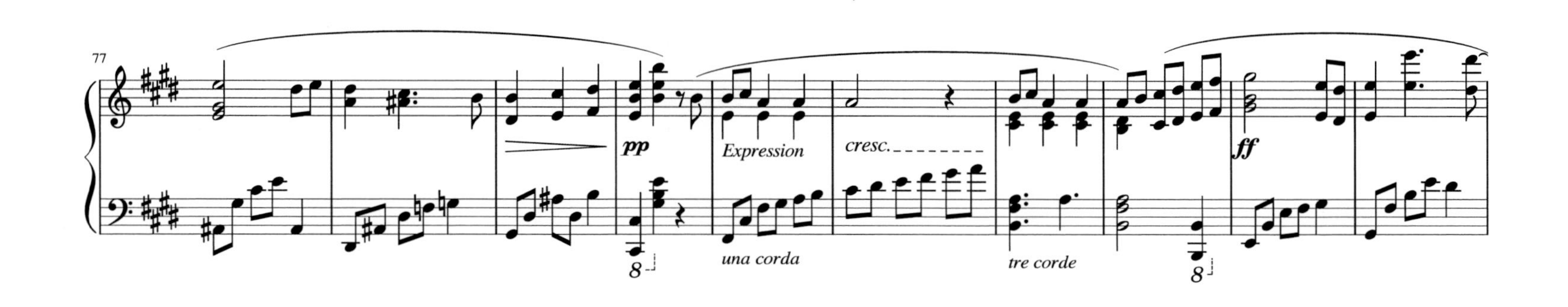
77
pp
Expression
cresc.
una corda
tre corde
8
ff

87

96
8
dim.
una corda
pp

旅程

迈出人生新一步的旅程又开始了。

我想把现在的瞬间装进这次旅程。

唤醒我的思绪和梦想, 战胜恐惧的瞬间。

在无数五彩缤纷的组合中可以得到两种结果。
黑与白

在无数思绪的徐鹤中可以得到两种结果。
生与死

与我过去的时间与即将同行的时间里，
黑与白会是怎样的一种组合？

与我过去的时间与即将同行的时间里，
对于未来我将如何定义生与死？

凝视沙漏里的沙粒一样，
我也是否能拥有利用余生的时间系数的智慧呢？

_ 2019年 2月 11日

여정

여정이 시작되었다.

나의 생각과 꿈을 깨우고,
두려움을 깨트려 드러내는 순간.

살아 있음을 느끼며 눈을 감고 호흡을 가다듬어 본다.

수많은 오색의 조합들 속에서
두 가지 결과를 얻는다.
흑과 백.

수많은 사색의 조합들 속에서
두 가지 결과를 얻는다.
삶과 죽음.

내가 살아온 시간과 살아갈 시간 속에서,
흑과 백은
어떤 모습을 이루게 될까.

나는 살아온 시간과 살아갈 시간 속에서,
삶과 죽음을
어떻게 정의하며 살게 될까.

모래시계의 남은 모래를 보듯,

나의 남은 시간을 계수하며 살 수 있는 지혜가
나에게도 주어지게 될까.

_ 11, FEBRUARY 2019

하늘의 구름과 사람의 구름

天上云和人造云

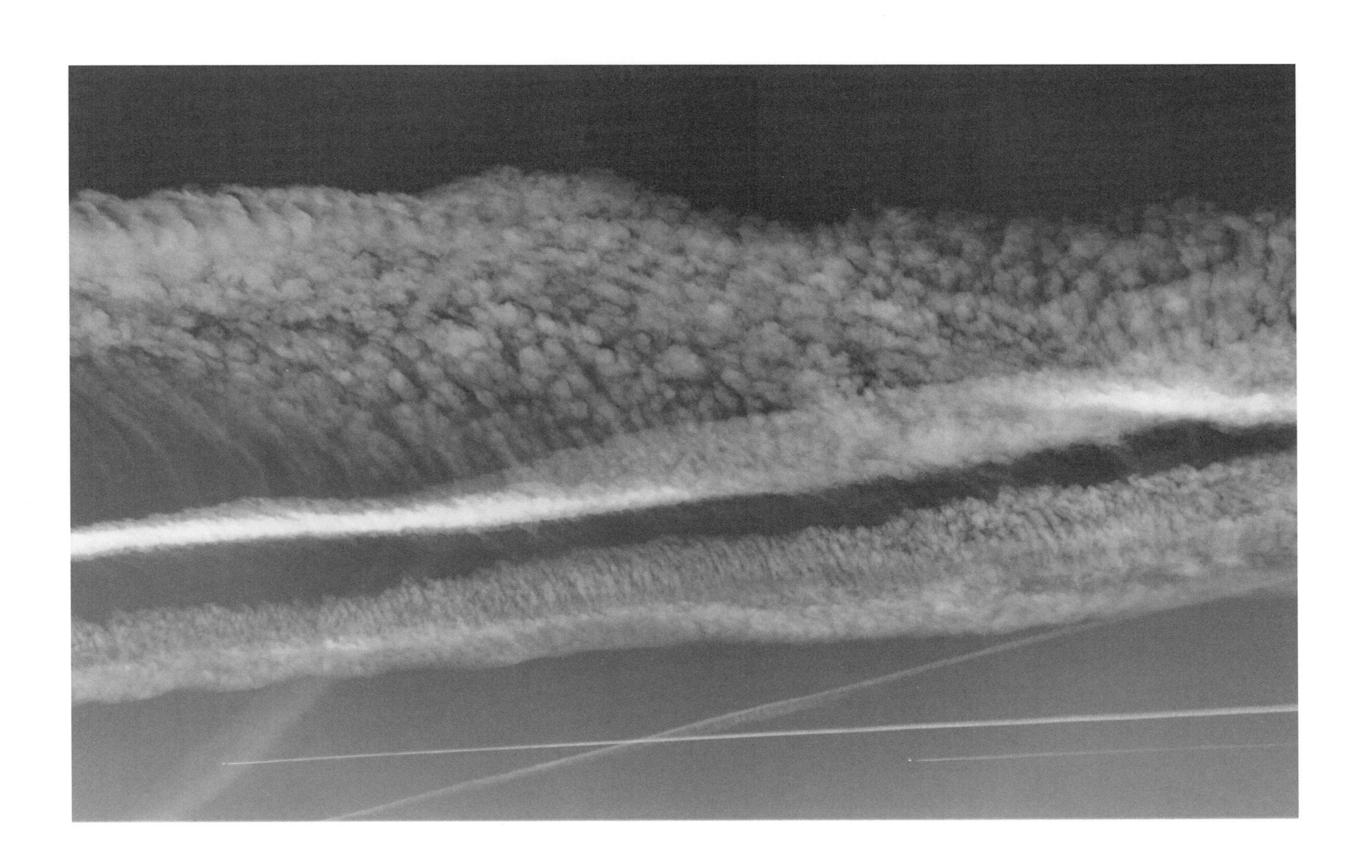

무제 1

无蹄目 1

나와 아들

我和儿子

思念

思念是什么?

或许, 停留在时间里的某事?
或者, 是记忆中的某一个地方?

难道...是呼吸?

还没有遇到过不吸入思念的人
还没有遇见过不呼出思念的人....

_ 2019年 2月 11日

그리움

그리움은 무얼까?

혹시, 시간 속 자리 잡은 어떤 이일까?
혹시, 기억 속 들어 있을 어떤 곳일까?

아니면… 혹시 호흡은 아닐까?

그리움을 들이마시지 않고 사는 사람 아직 못 만나 보았고,
그리움을 내쉬지 않고 사는 사람 아직 만나 보지 못했으니….

_ 11, FEBRUARY 2019

무제 2

無蹄目 2

나무와 구름, 그리고 비행기

树木, 白云和飞机

For YOUTUBE

For YOUKU

APPRECIATION

Appreciation

with great honor, to my Prof. Joongwon Ko

op.2 no.2

Woosung Kang

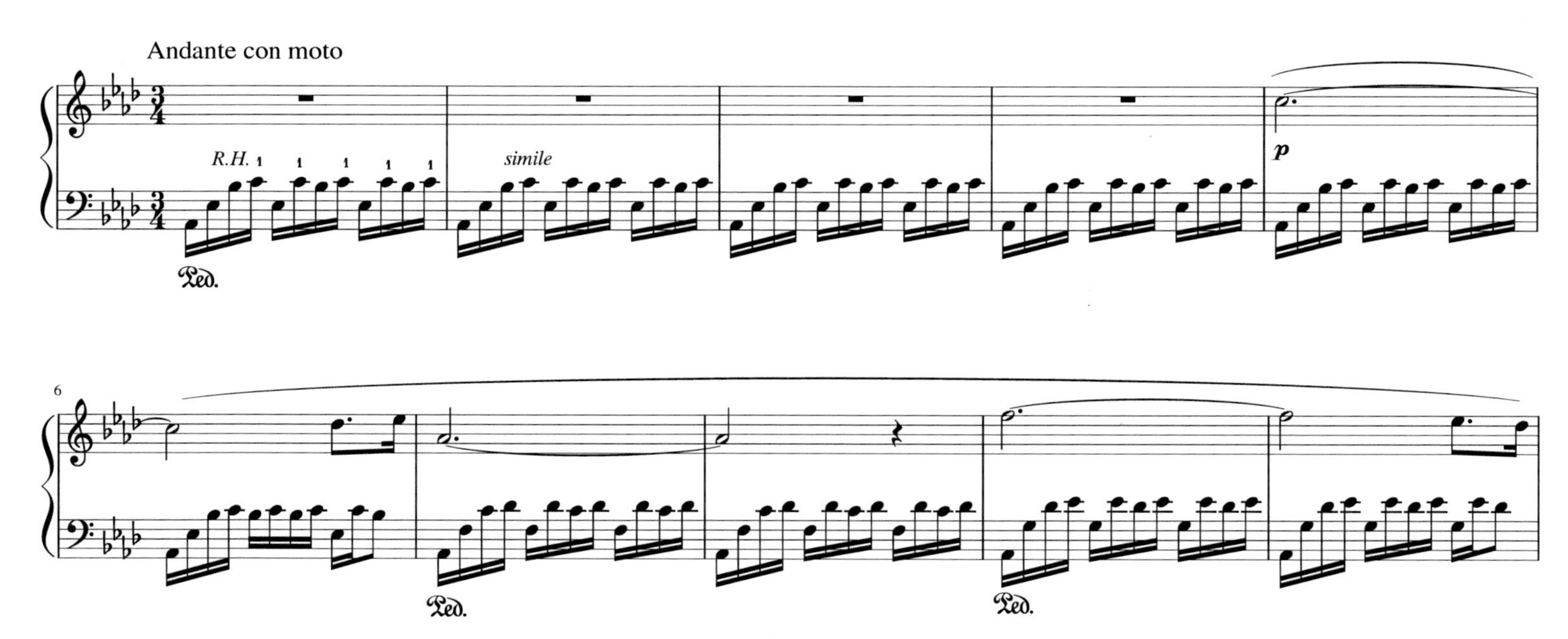

Ped.
Art & Life All rights reserved

31
Ped.
36
41
45
cresc.
Only L.H.
f

50
dim.
p
R.H.
1 1 1 1 1
simile
55
60
cresc.
ff
p
8va
66
dim.
pp

비행

飞行

정상

山顶

BERG
ÖHNE
INNS
RUCK

伤痕

无意中受伤了。
无意中伤害了。

这处我很疼。
那处他也很疼。

意外的情景下没有道歉, 也没有内疚。
有可能是不知, 也可能是装不知, 也许是自尊心。

我们彼此伤害着,
也痛着。

_ 2019年 2月 16日

상처

뜻하지 않게 어딘가에 상처를 입었다.
뜻하지 않게 어딘가에 상처를 입혔다.

나는 이곳이 아프고
저는 저곳이 아프다.

뜻하지 않았던 상황이라 사과도, 미안하다는 말도 잘 없다.
어쩌면 모를 수도 있고, 어쩌면 모른 척, 자존심일 수도 있다.

우리는 그렇게 상처를 입히고
그렇게 아파한다.

_ 16, FEBRUARY 2019

유리의 꽃

玻璃花

무제 3

无蹄目 3

时间

真想抓住时间。

也很清楚这是徒劳的, 但还是想试一次。

关键时刻我能抓住的仅仅是观望它流逝,

用照片或者记忆来锁住它。

当我观察沙漏时也增有过类似的想法。

我是一个颗粒, 还是一群颗粒呢?

闭目回忆往日的一幕。
回忆中我们拥有着此时, 但严格的讲这是个过去。
时间仅仅是, 只有绝对者才能拥有的物。

_ 2019年 2月 13日

시간

시간을 잡아 보고 싶었다.

그게 헛된 일이란 걸 잘 알지만, 그래도 그래 보고 싶었다.

막상 잡아 보고 싶은 순간이 왔을 때 내가 할 수 있는 전부는,
고작 그것이 지나가는 것을 보며 애써 기억에 담거나 사진을 찍는 일이었다.

모래시계를 보았을 때도 비슷한 생각을 해 보았다.

나는 지금 어느 알갱이일까… 어느 알갱이의 무리일까….

눈을 감고 과거의 한 순간을 떠올려 본다.

회상 속에서 우리는 그 현재를 소유해 보지만, 그것은 엄연한 과거.

시간은 절대자(絶對者)가 아니면 소유할 수 없는 절대물(絶對物)인가 보다.

_ 13, FEBRUARY 2019

점점 멀리…

渐渐远去…

저녁이 되고 아침이 되니…

到了晚上, 到了早晨…

For YOUTUBE

For YOUKU

PURE HEART

Pure Heart

dedicated to Prof. Edward Sung Yeol Park

op.2 no.3

Woosung Kang

10
15
dim.
mp
20
dim.
p
dim.

25
mp

29
dim.
mf
cresc.
8

33
f

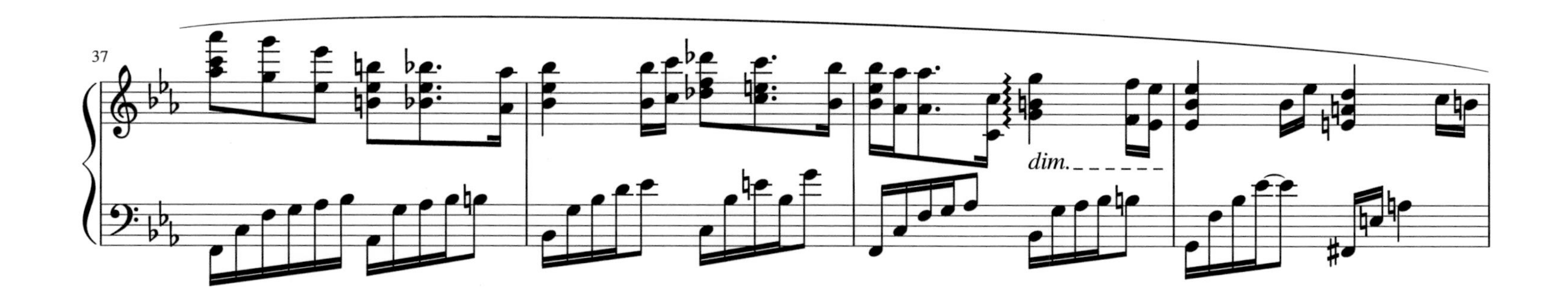

61

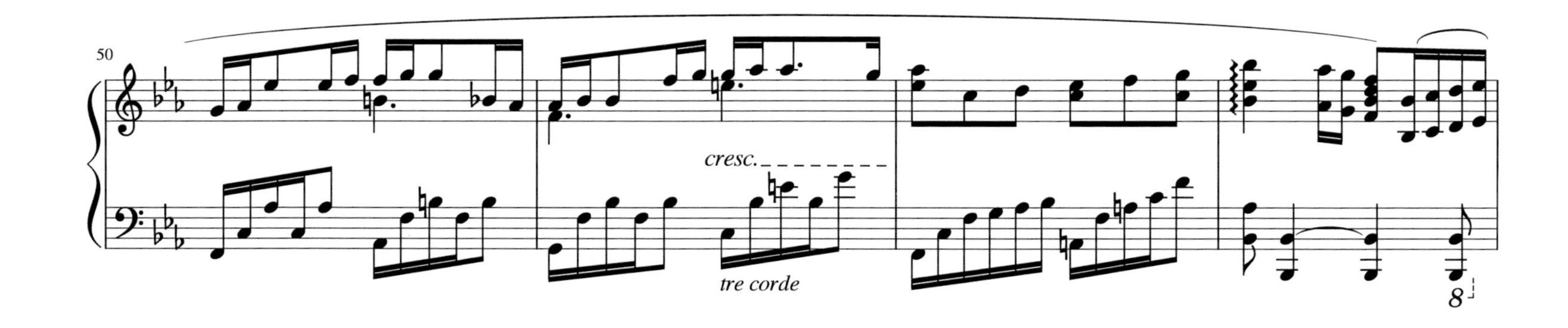
50
cresc.
tre corde
8

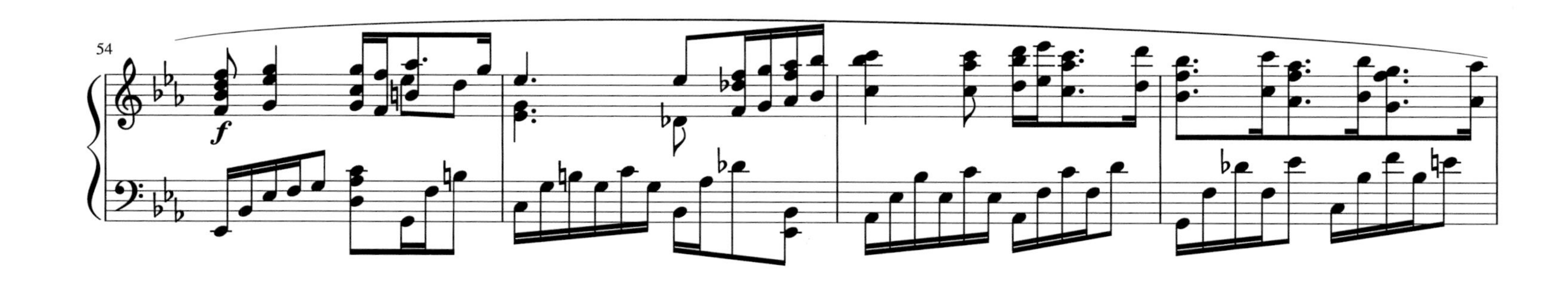
54
f

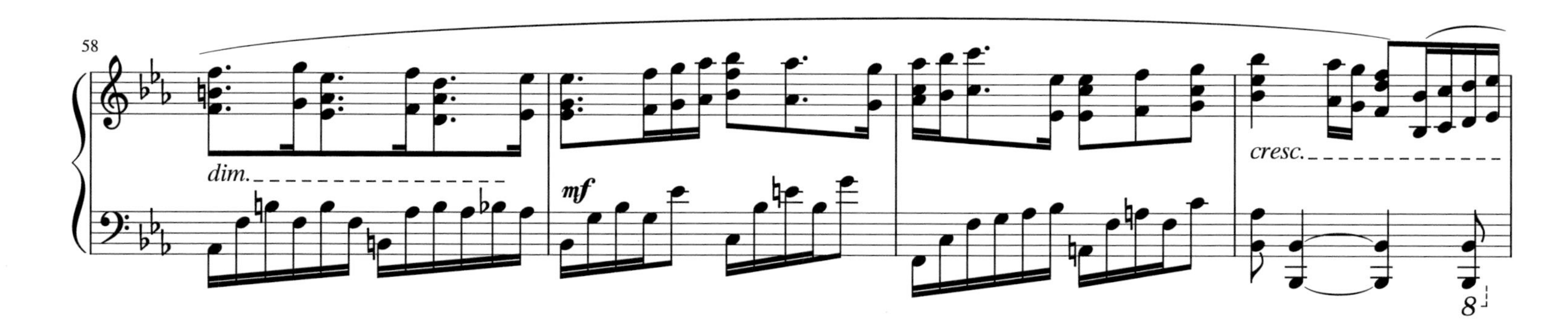
58
dim.
mf
cresc.
8

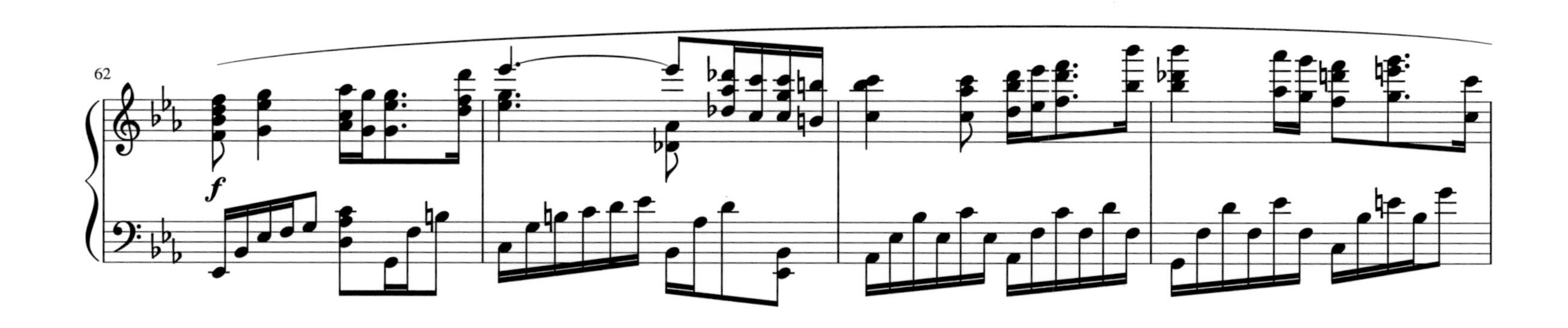
62
f

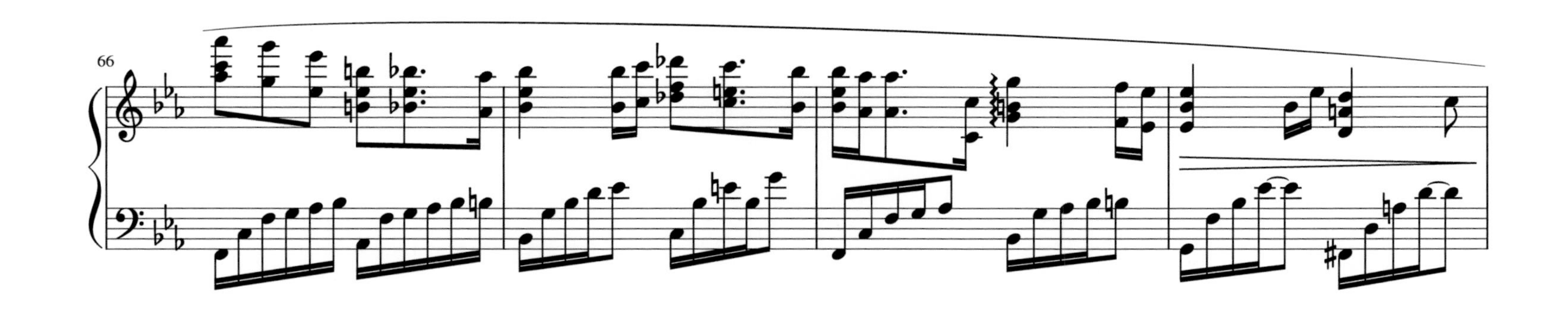
66

70
pp
8

무제 4

无蹄目 4

무제 5

无蹄目 5

离开

随着时间的流逝, 我们总有一天都要离开。
明知要离开, 我们也会努力想留住它。
在这次旅程中我曾有很多次这种感受。
回忆中, 突然感觉到现实中的瞬间也正在慢慢转变成过去。

贤者曰, 人生就是一场旅程。
不是永久的, 是暂时的。
懂得其中的真理是我们要领悟的难题。
当不刻意抓住看不见的岁月时,
我或许也能明白人生原来就是一场旅行

_ 2019年 2月 14日

떠남

시간이 흐르고 삶의 때가 차면, 우리는 모두 어디론가 떠나게 된다.
떠날 걸 알면서 그 시간을 애써 붙잡아 보기도 한다.
나는 이번 여정 속에서 그런 느낌을 참 많이 받았다.
옛 순간을 떠올리다가 지금 문득,
이 순간이 과거로 바뀌어 가는 걸 느낀다.

인생이 여행이라고 현자가 말했다.
다 때가 있고 영원하지 않다는 것.
그걸 깨닫는 건 살면서 풀어야 하는 숙제.
보이지 않는 시간을 애써 붙잡아 보려 하지 않게 될 때,
나도 현자처럼 인생이 여행인 줄 알게 될지도….

_ 14, FEBRUARY 2019

길

路

사람과 돌산

人与石山

벽

墻

心

洁净心灵会是什么样的人生。

守住心灵会是什么样的人生。

温柔的心灵又是什么样的人生。

我和我们, 现在过着什么样的生活。

_ 2019年 2月 16日

마음

마음을 정결하게 하면 어떤 삶을 살게 될까.

마음을 지켜내면 어떤 삶을 살게 될까.

마음을 온유하게 하면 어떤 삶을 살게 될까.

나와 우리는, 지금 어떤 삶을 살고 있나.

_ 16, FEBRUARY 2019

무제 6

无蹄目 6

무제 7

无蹄目 7